어떻게 받아들이게 하지?

어떻게 받아들이게 하지?

초판인쇄	2024년 1월 9일
초판발행	2024년 1월 15일
지은이	김동환
발행인	조현수 조용재
펴낸곳	도서출판 더로드
기획	조용재
마케팅	최문섭
편집	이승득
디자인	호기심고양이
본사	경기도 파주시 초롱꽃로17 303동 205호
물류센터	경기도 파주시 산남동 693-1
전화	031-942-5364, 5366
팩스	031-942-5368
이메일	provence70@naver.com
등록번호	제2015-000135호
등록	2015년 06월 18일

정가 14,800원

ISBN 979-11-6338-438-0 03810

목표를 이루려면
서로를 받아 들이도록 해야한다!

어떻게 받아들이게 하지?

김동환 지음

도서
출판 **더 로드**
The Road Books

이야기를 끌어가는 농장주인

무엇을 알게 하지?

내 이야길 끝까지 들어줬으면 해.

난 작은 양계농장을 운영하고 있어.

얼마전에 일꾼 둘을 고용해서 하나의 팀을 만들어가고 있어. 내가 하는 일이 팀 안에서 체계적으로 움직이도록 하기위해서이지.

팀을 만들어간다는 것은 쉽지 않은 일이라는 것을 경험적으로 알고 있지.

그 둘도 혼자서 하는 일들은 잘 하는데, 둘이 같이 의견을 나누어 한단계 높은 아이디어로 만들어가는 것은 어려운 일인 것 같아.

그런데, 한 단계 높은 일로 만들어가는 원리는 간단해.

구성원들이 각자가 가진 도구들을 잘 짜맞추었을 때 필요하고도 훌륭한 결과를 낼 수가 있거든.

그런데, 구성원들은 자신이 들고 있는 도구만 좋다고 생각하는 경우가 많거든.

여기가 함정인 거야.
일을 맡겨보니 우리 농장의 두 일꾼도 마찬가지야.

자신이 갖고 있는 도구가 최고라고 생각한 나머지 상대가 가진 도구를 제대로 보지 못하는거지.

고민이 깊어졌단다.

이 일은 해결해야 그들의 업무능력도 향상시키고, 팀을 넘어 농장의 목표도 달성할 수 있기 때문이었지.

그러던 중 내가 팀을 만들어가는 과정에 대해 잘못 알고 있다는 것을 알았지.

나는 그 둘이 사용하고 있는, 팀에 필요한 도구들에 익숙했지만 그들은 각자의 도구만 알고 있었던 거지.

둘이 같이 일하게 하면 저절로 상대편 도구의 장점을 알아보고, 일의 목표를 제대로 달성할 줄 알았지.

그게 팀을 만들어가는 사람으로써 실수였어.

실제로 목표를 달성해 보지 않고는 상대의 도구에 관심을 가지기도 힘들지.

나는 그 둘에게 서로의 도구의 장점을 느껴보도록 하기위해, 우리 농장의 핵심일인 달걀을 더 낳게 하는 과제를 줬어.

서로의 도구의 장점을 알게되면, 서로를 어떻게 대할지 알게 되고 그에 따라 앞으로의 결과가 달라지지 않겠어?

이제 일꾼 둘과 그들의 도구에 대해 소개를 하려고 해.

첫째 일꾼

앉아 있는 저 친구가 첫째 일꾼인데, 그가 가진 도구는 일의 작은 부분을 강조하지. 그러면서, 차근차근 큰 그림으로 그려나가지.

그에게 아쉬운 것은 학교에서 배운 이 도구를 농장에서는 한번도 써 보지 못했다는거야.

머리가 긴 저 친구는 둘째 일꾼인데, 그가 가진 도구는 첫째 일꾼과 반대로 일의 큰 그림을 중요하게 생각하지.

둘째 일꾼

애석하게도 둘째 일꾼도 그가 주로 쓰는 도구를 학교에서만 배웠어.

그러니, 각자가 가진 도구도 농장일을 통해 다듬어지지 않았고, 서로의 도구를 어떻게 사용했으면 한다는 것은 알기 힘들었지.

이런 상태에서는 달걀을 더 낳게하는 노력을 하다가 절망적인 상황을 연출하게 되지.

그런데, 희안하게도 그 둘은 무사히 목표를 달성했어! ^^

자, 두 일꾼은 어떻게 했길래 달걀을 더 낳도록 했을까?

2장 그 차이 받아들이기!

3장 두 도구를 쓸 때

1장

그 차이를 알게 하기!

그래, 한번 느껴보도록!

골탕 먹이려는 것은 아니고 ^^

원래, 나 혼자서 양계농장일을 시작했어.

그런데, 닭의 수가 늘어나고 달걀의 생산량이 점점 늘어나면서 혼자서 일하는 것이 힘들어졌지. 그래서 사람들을 고용하여 팀으로 움직이도록 하기로 마음을 먹었어.

일꾼들을 고용하여 팀을 꾸리기 전에 마음속에 갈등이 일어났어.

어떤 사람들을 뽑으면 좀 더 체계적인 팀이 될 수 있을까? 어떤 부류의 사람들과 같이 하면 좀 더 즐거운 팀이 될까? 하고.

면접을 보고 고민에 고민을 더한 후에 둘을 고용하게 되었어.

그리고, 이른 감이 있긴 했지만 바로 과제를 내줬어.

하루에 하나의 알을 낳는 암탉을 한 마리 내주면서, 둘이서 같이 달걀을 두배로 낳는 방법을 찾아오라고 했어.

'이제 농장에 들어왔는데… 달걀을 두배로 낳는 방법을 찾으라니…' 둘은 눈을 동그랗게 하고는 나를 쳐다보더군.^^

불가능해 보이는 팀 과제?? ㅠㅠ

덜 숙성된 도구로 시작하다

첫째 일꾼; 사료가 도구이다

둘이 면접장에서 한 이야기를 들려줄까 해.

'학교를 다닐 때에 무엇에 가장 관심이 있었냐?'는 내 질문에 첫째 일꾼은,

"저는 수업에 충실했고, 전공으로는 축산학을 공부했습니다."

라고 대답을 하더군.

깔끔하고 단정한 옷매무새가 그의 일의 성향을 대신 이야기해주고 있었지.

이은 그의 대답은,

"전공 수업들 중에는 특히 사료 수업에 관심을 두고 공부를 했습니다.

졸업 과제로는 닭에게 주는 사료의 종류와 양에 따라 닭의 건강이 변하는 정도를 정리하여 발표했습니다."라고 말하더군.

둘째 일꾼: 동물음악이 도구이다

고용에 대해 고민을 할 때 미리 그림을 그리고 있었어.

어떤 둘을 뽑아야 팀이 체계적으로 돌아가리라는 것을.

성향도 잘 맞아야 하지만, 둘이 사용하는 도구도 조화로워야 한다는 것을 알았던거야.

그래서, 첫째 일꾼과 다른 도구를 사용하는 사람을 고용할 필요가 있다고 생각을 했지.

여러 면접자들의 이야기를 듣던 가운데 둘째 일꾼의 이야기를 귀담아 들었지.

외모는 마치 보헤미안 같이 자유로워보였어.

둘째 일꾼은 내 질문에,

"저는 음악으로 저를 표현해보고 싶었습니다! 그래서, 음악과에 진학을 했습니다!!" 라며 대답했어.

이어서 그가 배우던 도구에 대해서도,

"다른 과목들은 별 흥미가 없었고, 동물 음악만은 열심히 공부했습니다.

졸업 후 대중음악 작곡가로 활동을 할 예정이었는데, 갑자기 동물 복지에 관심을 가지게 되어 그와 관련된 음악을 공부하기 시작했습니다!" 라고 했지.

자신의 것만 보인다

팀 구성원들의 일하는 성향이 맞지 않을 때는 리더로써 다독이는 수 밖에 없지.

그러나 도구가 달라서 어찌할 바를 모를 때에는 차근차근 알려주면 되지.

그런데, 역시나….

둘은 처음부터 충돌이 일어났어. ^^

과제의 목표를 달성하기 위해 첫째 일꾼은 사료를 공부한 입장답게 사료를 더 주어야한다고 주장하더군.

그것이 닭의 생육을 좋게 하고 달걀을 더 낳게 하는 결과를 가져올 거라고 했지.

둘째 일꾼도 그가 배운 동물음악만을 이야기 하더군.

온종일 닭이 먹이활동을 하니 피곤하지 않겠냐는 거지. 그래서, 음악을 통해 긴장을 풀어주자는 거지.

오호!

나는 둘이 얼마나 팀웍이 잘 맞는지 그저 지켜보기로 마음을 먹고 있었어. ^^

내 것만 보인다!

첫째 일꾼은 쓱쓱싹싹 표를 그리더군.

그리고, 예전에 무슨 사료를 줬느냐고 내게 묻더군. 무슨 사료를 줬다고 알려줬지.

표를 숫자로 다 채우고는, 닭에게 시간을 두고 사료의 양을 조금씩 늘려주더군.

둘째 일꾼은 다짜고짜 인터넷 쇼핑몰에서 스피커를 주문하더군.

그리고, 그걸 농장 기둥에다 설치를 하고는 케이팝을 하나 골라 들려주기 시작했지.

뭐가 잘 되려나?

진행은 아주 빨라보였지. ^^

내 도구가 옳은 것 같은데…?

일을 처음 시작할 때에는 내 새로운 아이디어가 바로 답이 될 것 같기도 하거든. ^^

첫째 일꾼은 자신이 먹인 사료가 둘째 일꾼은 케이팝 음악이 달걀을 더 낳게 하는데에 결정적인 역할을 할 거라고 믿는 듯 보였어.

그런데?

시간이 흐르면서 기대한 바와 반대의 일이 벌어졌어!

음악을 들려주고 사료를 늘려 주었는데도 달걀을 낳는 주기가 늘어났어. 하루에 한 개도 못 낳게 되었다는 이야기지.

둘 다 '어…?' 하는 표정이었어. 자신이 믿은 도구에 한방 얻어맞은 표정이었지. ^^

뭐가 잘못됐나?

아직도 내 도구만 보인다

둘은 갸웃거리며 내게 공부를 더 해보겠다고 하더군.
그러라고 했지.

첫째 일꾼은 사료에 대한 자료를 뒤지기 시작하더군.

둘째 일꾼도 무작정 음악을 고르기보다는 좀 더 체계적으로 조사를 해 보겠다고 하더군.

내 판단으로는 둘 다 안개속에서 막연하게 길을 찾는 것 같았어.
모르는 길을 갈 때 가장 좋지 않은 방법이지.

그들의 접근은 무작정 자신의 분야에서 더 날카롭고 더 강력한 도구만을 찾으려 할 뿐이었어.

서로의 도구에 관심을 가져라

관심을 가지라고는 하는데...

첫째 일꾼은 솔깃한 자료를 발견했다고 말하더군.

그 자료는 닭에게 주는 사료도 중요하지만 그에 어울리는 음악을 골라야 한다는 내용이었지.

둘째 일꾼은 동물음악 전문가를 찾아갈 거라고 말하더군.

둘째 일꾼이 전문가로부터 들은 바는, '들려주는 음악에 맞는 사료를 주라는 거야.' 그리고는 첫째 일꾼쪽으로 종종거리며 가더군. 한 팀이니 둘은 다시 머리를 맞댔어. 그리고 토론을 벌이는 것 같았지.

그런데, '사료에 어울리는 음악'과 '음악에 어울리는 사료'가 이해가 않 되는지 다시 자신의 도구에 집중하겠다고 하더군.

그러나 여기서 짚고 넘어갈 바는,

사료만으로도 달걀을 두배로 낳게 할 수도 있어.

동물음악만으로도 달걀을 두배로 낳게 할 수도 있고.

그러나, 실제로는 여러 도구들을 잘 조합함으로 폭발력을 끌어낼 수 있지. 그것이 가장 큰 일이기도 하고.

중요한 것은 서로가 서로의 도구를 잘 아는가야.

그렇지 않고서는, 도구의 주인이 고집을 부리는 바람에 적절한 조합은 물건너가는 일이 된다는 거지.

대부분의 현장에서 이렇게 일이 풀려가지.

지금 두 일꾼들도 마찬가지 과정을 겪고 있는거야.

아니나다를까, 첫째 일꾼은 주던 사료를 더 주겠다고 했고, 둘째 일꾼은 케이팝의 다른 곡을 들려주겠다고 하더군.

내 도구가 더욱 옳다!!

갈 데까지 가보자!! ㅠㅠ

일꾼 둘의 얼굴에는 불안감이 서서히 피어오르는 듯 보였어.

전문가를 찾아가봐도 자료를 뒤져봐도 이렇다 할 해결책이 보이지 않았기 때문이지.

안타깝게도, 급할수록 돌아가야하는 데 희안하게도 이런 때일수록 이런 저런 시도를 더 해보고 싶거든. ^^

그래서 찾아낸 것이 첫째 일꾼은 옥수수가 들어있는 사료를 먹여보겠다는 거야.
어디서 옥수수 사료를 소에게 먹이니 살이 쪘다는 이야기를 들은 거야. 닭에게도 이 사료를 먹이면 살이 찌고 알을 더 낳지 않겠냐는 거지.

?

둘째 일꾼은 음악을 바꿔보겠다고 하더라.

빠른 템포의 케이팝보다는 느린 발라드가 낫겠다는거야. 발라드가 닭이 사료를 소화하는 데에 더 도움이 되고, 그래서 알을 더 낳지 않겠냐는 거지.

??

이래가지고 둘이 언제 알을 더 낳게 할건데라고 묻고 싶더군. ㅠㅠ

털은 부스스해지고

닭에게 옥수수 사료를 주고 느린 발라드를 들려주었지만, 털은 부스스 해지고 먹이를 쪼는 움직임도 더 힘이 없어 보였어.

난 그들이 한 팀으로써 목표달성을 생각이나 하고 있는지 묻고 싶어졌지.

반응은 각자 달랐어.

첫째 일꾼은,

"옥수수가 든 사료를 먹이면 달걀을 더 낳을 줄 알았는데…",
둘째 일꾼도,

"느린 발라드가 신나는 케이팝보다는 나을 줄 알았는데…." 라면서 둘다 말끝을 흐렸어.

더 이상 방법을 생각할 힘도 없는지 둘은 머리를 감싸 안은 채 덩그러니 앉더군.

그들에게 다가가다

용기를 북돋우다

달걀을 더 낳는 방법을 찾지 못해서가 아니었고, 닭의 건강상태가 좋지 못하도록 만들어서가 아니라, 포기한 듯한 그들의 표정 때문에 기분이 좀 상했어.

그러나 감정을 드러내지 않고 나즈막히 말했어.

"사실 난 너희 둘에게 이 일을 일부러 맡긴 거야.

달걀을 더 낳도록 하는 일은 농장일들 중에 가장 어려운 일이야. 한 팀으로써 둘이 얼마나 일을 두고 의견을 나누는지, 또 어떻게 일을 풀어가는지 보고자 과제를 준거야.

자, 일어나.

그리고, 지금부터 달걀을 더 낳게 하는 방법을 알려줄 테니, 찬찬히 들어보도록 해."

서로의 도구에 귀 기울이기

먼저 기준을 찾도록 한다

그리고, 두 일꾼에게 물었어.

"우리가 무엇을 가장 먼저 해야하지?

우선, 둘이 하나의 팀으로써 추구해야 할 기준이 있어야 할 거 아냐. 여기서는 그게 뭐겠어?

바로 건강한 닭이라는 기준이지. 그때 털의 윤기나 모이활동 정도를 알아두고, 새로운 사료나 동물음악과 같은 닭의 생육 조건을 바꾸더라도 이 기준에 맞출 필요가 있는거야.

닭이 건강하지 않은데 알을 더 낳게 하는 것이 무슨 소용이겠어?

이제 털이 부스스해진 닭부터 건강하도록 만들어 주어야겠지?

내가 둘에게 닭을 건넬 때의 조건이 뭐였지? 사료만 먹였었지.

그때의 조건으로 되돌려 닭을 건강하게 만드는 거야.

닭을 다시 건강하도록 만들었다면 내가 내준 과제를 할 차례지? 그런데, 내가 시도를 해 보니까 사료만으로는 알을 두 개 낳게 하기는 힘들어. 그것이 한계야.

그래서, 나는 사료와 동물음악을 적절히 조합하면 분명히 한계를 넘는 조건이 나올 거라고 생각했어.

그런데, 둘은 도구를 잘 못 사용해서 알을 더 낳게 하기는커녕 닭의 건강까지 망쳤어!

둘은 뭘 모른다고 생각해?

닭이 달걀을 낳는 가장 기본적인 과정을 모르는거야.

사료만을 먹이는, 하루에 한 개의 알을 낳는 닭에 대해 이해할 필요가 있는거야.

'이 사료를 먹이니 닭의 어떤 기관에 영양이 공급이 되고, 그 결과로 알이 형성이 되어 하루에 한 개씩 낳는다.'라는 과정을.

그러고나서 더 나은 도구들을 찾아가는거지.

앞서 이야기한 바와같이 좋은 결과를 얻기 위해서는 대부분 하나의 도구만으로는 부족해.

여러 도구들을 찾을 필요가 있고, 그 중에서도 중요한 도구들을 골라낼 필요가 있지.

그런데, 지금부터가 중요해.
달걀을 더 낳게하는 데에 필요한 도구들을 찾아냈다고 해서 무작정 대충 합치면 않되거든.

네 둘은 도구를 무작정 합친거야.
여기서, 어떻게 두 도구를 어울리게 사용하는지에 대해 이야기하려고 해.

사료라는 도구는 부분적인 이야기에 충실하고, 동물음악은 큰 틀을 중요시하는 도구라고 앞서 이야기를 했어.*

---

* '부분', '큰 틀' 이런 낱말에 눈길을 주기 전에, 모자이크를 떠올려 보기 바랍니다. 모자이크는 작은 조각들이 모여 완성이 됩니다. 조각이 부분이고, 완성된 그림이 큰 틀입니다.
그리고, '부분', '큰 틀'에 관한 자세한 이야기는 이 책의 결론 부분인 '팀으로 일하기!'에 있습니다.

그리고, 둘이 속한 팀이 원하는 목표를 달성하려면 대부분의 경우, 큰 틀과 작은 부분들이 서로 잘 맞물려야 해.

달걀을 낳는 과정이라는 큰 틀속에 새로운 사료와 새로운 동물음악이 적절한 조합으로 들어가야 하지.

사료는 동물음악에 어울리는 종류와 양이어야 하고 동물음악은 사료에 맞는 종류이어야 한다는 뜻이지.

다시 하루에 한 개로!

처음으로 되돌리다

이제부터 직접 그 둘에게 시범을 보이기로 했어.

닭의 건강상태를 그들에게 건넬 때 그대로 되돌릴 필요가 있었는데, 털의 윤기도 모이활동 모습도 되돌려보기로 했어.

우선 키우는 조건을 단순하게 하자고 했지.

첫째 일꾼에게 옥수수 사료는 그만주고, 내가 주던 사료를 그대로 주라고 했어.

그리고 둘째 일꾼에게는 음악을 들려주지말자고 했지.

고통속에 성과가 숨쉰다

회복이 되는 기미가 보이지 않았어.

나도 머릿속으로는 그렇게 하면 금방 회복이 될 줄 알았는데, 현실은 그렇지가 않았어.

그래서 첫째 일꾼에게 사료의 양을 바꾸자고 했지.

조금 덜 줘 보기로 하였는데, 반응이 없었어.

그러다가 처음에 주던 양과 덜 준 양 사이의 중간 양으로 줘 보기로 했지.
차츰 털에 윤기가 돌기 시작하더군. 모이를 쪼는 움직임도 점점 활발해지고.

역시 적절한 양은 중간정도였어. 드디어, 달걀을 낳는 주기가 줄어들기 시작했어.

건강도 나빠지고 일주일에 겨우 한 개의 알을 낳던 닭이 이제는 사흘에 한 개씩 알을 낳기 시작했어.

마침내 닭이 원래대로 돌아가더군. 하루에 한 개씩 알을 낳기 시작한 거지.

두 일꾼들의 얼굴에도 조금씩 안정감이 돌기 시작하더군. ^^

하나는 고정한다

둘은 과제를 통해, 사료와 동물음악이 목표를 달성하는 데에 서로 어떤 관계는 가지고 있다는 것을 알게 되었어.

그런데, 사료를 바꾸거나 동물음악을 바꿀 때 어떤 기준은 필요하지.

사료를 더 주고 싶거나 종류를 바꾸고 싶으면, 동물음악을 같은 걸로 들려주고,

동물음악을 바꾸고 싶어도, 사료의 종류와 양을 일정하게 유지해야 한다는 뜻이지.

하나를 고정하고 다른 하나를 움직이는 방식으로 일하지 않으면, 결과가 좋아도 둘의 조합비율을 다음에 쓸 수가 없게 되.

일의 결과가 나쁜 경우에는 원인을 찾을 수가 없어져. 난감해 지는 거지.

새롭게 도전하다

사료는 바꾸지 않고...

이제, 두 일꾼에게 달걀을 두배로 낳는 과정을 보여주기로 했어.

그런데, 예전에 썼던 방법이 아니고 새로운 도전이었어. 나도 긴장이 되기 시작하더군.

둘째 일꾼에게 말했어. 사료의 종류를 바꾸지 않고 양도 그대로인 채로, 닭에게 끊었던 음악을 들려주자고.

달걀을 더 낳는데 실패했던 케이팝이나 느린 발라드 대신, 빠른 템포의 컨트리 음악이나 첼로 연주를 테스트해보기로 했어.

닭은 어디에 반응할까??

빠른 컨트리음악을 들려주었더니 닭의 움직임이 편안해 보이지 않았어. 예상대로였지.

둘째 일꾼에게 바로 첼로 연주의 중후한 클래식 음악으로 바꾸자고 했지. 그랬더니 닭의 움직임이 편안해 보이고 모이 활동도 활발해졌어.

달걀을 이틀에 걸쳐서 세 개를 생산해내기는 했지. 그런데, 아직은 하루에 두 개를 생산하는 정도는 아니었어.

흠- 또 고민이 시작되더군.

뭘 또 바꿀까?

....
클래식은 그대로...

이번에는 사료의 종류를 바꾸기로 했어.

어떤 사료를 먹일까? 고민을 했지….

불현 듯, 이웃 양계농장 주인이 한 말이 떠올랐지 뭐야. 말린 구기자가 든 사료를 닭에게 먹이면 달걀의 노른자가 더 선명해지고 알을 더 낳게 된다던 이야기 말이야.

첫째 일꾼에게 구기자가 든 사료를 주라고 했어.

다시 몇 주가 흘렀지.
이번에는 아무래도 닭의 반응이 심상치 않았어.

클래식은 그대로 들려주고 닭에게 좋다는 구기자 사료를 먹였는데, 털이 푸석푸석해지고 먹이를 쪼는 움직임도 느려졌어.

이상하다? 는 생각도 들었지만 계획대로 끝까지 해 보기로 했어.

이게 마지막 산인가…

….

어떻하지?

일꾼 둘에게 달걀을 두배로 낳는 방법을 알려준다고 했는데…

이제 슬슬 둘의 눈치가 보이기 시작했어.

그러다가 문득! 시도하지 않았던 부분이 떠 올랐어.
바로 양조절! 이야. 그래, 양조절을 해 보지 않았어.

첫째 일꾼에게 구기자 사료를 조금 더 주자고 했어.

그런데 달걀의 노른자는 선명해지는데 알을 더 낳지는 않았어.

'이웃 농장 주인에게 잘못 들은 걸까? 분명히 구기자 사료라고 했는데…'

자동적으로 혼잣말이 튀어나오기 시작하더군.
이제 일꾼 둘이 만든 절망적인 상황에 대해 이야기할 입장이 아니었어. 일꾼 둘이 닭을 돌볼 때보다 상태가 더 엉망이었거든.

털은 부스스 하다못해 빠지고, 모이활동은 말할 것도 없고. ㅜㅜ

하나만 남은 조건!

이제 마지막 조건만 남았어! 구기자 사료를 조금 덜 주는 조건이지.

첫째 일꾼이 처음보다는 사료의 양을 적게 주면서 다시 몇 주를 기다렸지.

오호, 다행스럽게도 부스스한 털에서 새 털이 조금씩 나고 모이를 쪼는 움직임도 조금씩 나아졌어.

며칠 후,

내가 원하던 일이 일어났어.

(묵은 짐을 내려놓는 기분, 그 기분 알 거야. ^^)

내가 잠든 새벽에 드디어 닭이 알을 두 개 낳은 거지. 노른자가 샛노란 것은 덤이었어.

구기자 사료 + 클래식 = 바라던 결과

지극 정성 끝에!

닭도 감동한 건가?

두 일꾼도 "휴-"하고 긴 탄식을 냈어.

그리고, 그들도 기쁜 듯이 닭을 쳐다보았지.

이윽고 내게 "비록 우리 둘이 찾아낸 방법은 아니지만, 닭이 달걀을 더 낳게 되어 기뻐요.

왜 서로의 도구에 귀를 기울이라고 하신지 알 것 같아요."라고 말하더군. ^^

알아두면 도움이 되겠지하고 내 학창시절의 공부에 대해 조금 이야기를 해 주었어.

사실, 두 도구를 모두 알았어

두가지 모두 익숙했지

나는 팀원 둘에게 다음과 같이 학창시절에 대해 이야기를 이어갔어.

"대학때에 나는 축산학과 음악을 동시에 전공했어.

그러는 가운데 사료와 동물음악, 두 수업을 듣게 되었고.

두 도구를 농장일에 직접 써 본 것도 내게는 큰 자산이 되었지.

둘은 하나의 도구만을 배웠고 아직 현장에서 써 보질 않았으니 각자의 도구에 대해서도 익숙지 않은 것은 당연한 이야기지.

그러니 한 팀의 구성원이기는 하지만 서로의 도구에 귀를 기울이는 것은 당연히 힘든 일이 되는거고."

이 이야기를 끝으로 둘에게 달걀을 더 낳게 하는 과정을 보여주는 것은 마무리했어.

디딤돌: 우리, 기준을 잘 따라야겠지?

우리 팀의 과제처럼 어떤 일에도 따라야 할 기준은 있다고 봐.

스마트폰을 만드는 개발 팀이라면 심플하고 사용하기 좋은 스마트폰을 만드는 것이 기준이 되어야겠지.

그리고, 우리 팀은 닭을 건강하게 키우는 것이 일의 기준이지.

그런데, 실제로 현장에서 일을 하다보면 기준을 잘못 알고 따르는 경우가 많아.

스마트폰 개발팀의 엔지니어는 심플하고 사용하기 좋은 것을 만든다는 고객만족이 기준이 되어야 하는데, 자신의 능력을 자랑하고 싶어서 최고 성능을 기준으로 일을 하는 경우도 있거든.

물론, 잘 몰라서 그랬지만 우리 팀의 두 일꾼들도 마찬가지이기는 했지.

자신이 가진 도구만 좋다는 입장에서 일함으로 자기만족의 범위를 못 벗어난것이지.

2장

그 차이 받아들이기!

현실에서도 도구는 둘 뿐인가?

여럿도 두 도구로 나뉜다

어느 한 팀이 원하는 목표를 달성하는데에는 여러 도구들이 필요한 경우가 많다고 했어.

닭이 달걀을 더 낳도록 하는데에 고려할 도구들이 여럿 있다는 이야기이지.

그런데, 목표 달성에 영향을 주는 도구들을 동물음악처럼 큰 틀을 강조하는 도구와 사료처럼 작은 부분을 강조하는 도구로만 분류해도 되느냐고?

되지! 되고 말고.

그 이유는 앞서 말한 바와 같이 목표는 큰 틀과 작은 부분의 합으로 이루어지기 때문이지.

중요한 것은 목표달성에 필요한 도구들을 모두 찾아서 두 부류로 나눈 뒤에 조화롭게 배치하는 것이라고 봐.

부분 강조? 큰 틀 강조?

사료 vs 동물음악

팀의 목표달성에 대부분의 경우 두 부류의 도구가 동시에 갖추어져야 한다고 하였어.

그런데 두 도구의 적절한 조합을 이뤄내려면 그 차이를 잘 알아야겠지?

나는 둘에게 두 도구의 차이를 설명하기 시작했어.

"부분적인 것을 강조하는 사료 수업은 부분의 역할을 차근차근 확인해 나가는 방식이었어.

구기자 사료를 닭에게 먹였을 때 먼저 깃털에 윤이 나는가를 보았지. 그 다음으로 살이 찌는지를 확인했지.

이렇게 닭에게 나타나는 다양한 상태들을 차례차례 점검해 나갔지.

목표인 달걀을 더 낳게 하는가는 아주 나중에 확인을 했지.

이에 반해 큰 틀을 중요시하는 동물음악 수업은, 달걀을 낳게 하는 데에 도구들이 주는 전반적인 영향에 대해 다뤘지.

그 다음 한 일은, 닭이 편안함을 느끼고 알을 더 낳게 하는 새로운 동물음악과 사료를 찾아 나서는 거였지."

그 차이 받아들이기

각각의 재미가 있다

"무엇을 받아들인다는 것은 실천의 영역이야.

팀으로 일을 할 때, 상대의 도구와 내 도구를 합쳐서 목표를 달성했을 때, 진정으로 다른 도구를 이해하고 받아들였다고 할 수 있지.

나는 사료와 동물음악 수업을 동시에 들으면서 수업방식이 다르다는 것에 별신경을 쓰지 않았어.

동물음악 수업은 큰 틀을 알게 하니 당장은 공부할 양이 많더라도 나중에는 해결책을 찾기가 훨씬 수월했지.

사료수업은 특정성분의 사료가 당장 털의 윤기를 달라지게 한다는 사실에 흥미로웠어."

그리고, 나는 강조하듯 말했지.

"다른 이의 도구를 받아들이는 태도에는 두 가지가 필요해.

상대가 가진 도구에 예를 갖추고 또 치열하게 배우려는 자세가 필요해."

고등학교때부터 배우다

....
국어 vs 물리

대학교육과 고등학교 교육은 떨어져 있지 않아. 그것이 농장일로 이어지기도 하고.

교육의 연결을 설명하기 위해, 고등학교 때 배웠던 두 과목을 떠올렸지.

"고등학교의 국어수업은 대학의 사료수업과 비슷하다고 생각해.

내가 주장하려는 바를 논리적으로 차근차근 풀어가는 것은, 특정 성분의 사료가 닭을 어떻게 변화시키는지 차근차근 관찰해 나가는 것과 같다고 생각해.
그러나, 물리수업은 전반적인 틀을 알게 하지.

그리고 목표달성은 새로운 것을 넣어 새로운 틀을 구현해야 하는데, 이를 미리 머릿속에 그리는 것은 번쩍하고 떠오르지. 물리수업에서는 이런 사고의 과정들을 배우지.

물리의 이런 면이 동물음악 수업과 비슷하다고 생각을 했어."

우리, 지켜야 할 선이 있다

우리를 지켜줘-

그리고 두 일꾼에게 팀원으로써 일을 할 때 지켜야 할 선이 있다고 말했어.

"농장 일을 시작하던 때에는 실수가 많았지. 학교에서 배운 사료와 동물음악 지식을 바로 농장 일에 적용할 때였으니까.

이런저런 노력을 하던 어느 날, 나는 닭이 가장 알을 많이 낳는 사료성분을 발견하게 되었지.

얼마 지나지 않아 달걀을 가장 많이 낳는 동물음악도 골랐지.

엄청난 기대감을 안고는 달걀을 가장 많이 낳는 두 조건을 합치기로 했어.

결과는 어땠는 줄 알아?

다행히 닭들은 살아났지만, 닭의 건강이 크게 위협을 받았지.

무턱대고 최고의 두 조건을 합친 것은 내 욕심이었어."

그리고 둘에게 이야기를 이어갔어.

"건강한 닭에게서 나는 건강한 달걀은 당연하게도 시장 소비자들이 가장 원하는 기준이기도 하지.

그리고 요즘 부각이 되는 동물복지의 차원에서도 그 선을 잘 지켜야 하고!!

부탁해."

3장

두 도구를 쓸 때

도구를 그냥 쓴다?

부족하면 채울 필요가 있다

잠시 이야기를 돌려 그 둘에게 이야기를 이어갔어.

"아주 옛날과는 달리 현대인들은 지식을 도구로 돈을 사냥하며 살아가지. 그 돈으로 필요한 물건들을 사는 간접사냥의 형식이지.

그런데, 나는 이런 소중한 도구를 아무렇게나 쓰는 사람들을 많이도 봐 왔어.

도구가 부서졌을 때는 고쳐쓰고, 또 부족한 도구들은 다른데서 구해야 하는데,

부서진 채로 그대로 쓰는 사람, 부족한 도구로 억지로 문제를 풀려는 사람들이 많았어.

글로만 또 이야기를 듣는 것으로만 부족함을 느낄 수 없지.

현장에서 일을 하면서 내가 원하는대로 일이 안 될 때 그때 내 지식의 도구가 덜 다듬어졌구나를 절실히 알 수 있지!

그래서 둘에게 힘든 일을 준거야."

지식은 무엇으로 이루어진다?

'부족한 도구는 채운다…'

두 일꾼은 이 말을 곱씹는 듯이 보였어.

"부족한 부분을 채우려면,

지식이라는 도구가 어떻게 구성이 되는지 알 필요가 있지.

지식은 크게 과학적인 부분과 감성적인 부분으로 이루어진다고 봐.

닭이 힘이 없어 보이고 그래서 않되 보인다면, 그 사람은 감성적인 지식을 지녔다고 할 수 있지.

닭과 정서적인 교감을 하는 것도 필요한데, 이것은 우리 스스로 목표를 추구하도록 몰아붙이지.

그런데, 감성적인 지식만으로는 우리가 원하는 목표 달성이 불가능하지.

바로 사료와 동물음악이라는 과학적인 지식으로 목표를 완성시킬 필요가 있지!"

현장의 도구!

“학교의 지식은 두루두루 빠짐없이 알면 100점을 맞을 수 있어. 그러면, 칭찬을 받기도 하고.

그러나, 현장의 지식은 하나만 제대로 몰라도 모든 일을 그르치는 경우가 생기거든.

달걀을 더 낳게하는 목표를 달성하지 못함으로 비즈니스의 선순환이 일어나지 않는거지!”

나는 둘에게 현장의 지식을 다루는 데에 중요한 점을 강조하며 자리를 떴지.

팀으로 일하기!

혼자서 일하면 제일 편하지.

혼자서 결정하고, 혼자서 수익을 내고, 혼자서 쉬고.

다른 사람과 같이 일하는 어려움을 한번이라도 겪어본 사람이라면 이 말에 고개를 끄덕일거라고 생각해.

그런데, 우리는 같이 일을 할 수 밖에 없어.

우리가 팀을 이루어 일해야 하는 수많은 이유들이 있지만, 혼자서 모든 지식적인 도구를 갖출 수가 없는 것이 하나의 큰 이유이기도 해.

여기서, 이 이야기 내내 다루어온 두 지식적인 도구에 대해 조금 더 깊이 알아볼까 해.

첫째 일꾼이 갈고 닦았던 사료라는 도구는 작은 부분을 강조하지.

작은 부분에서 시작하여 큰 틀로 그림을 그려 나가는데,

닭에게 특정 사료를 먹이면 털은 어떻게 변하는지, 모이를 쪼는

움직임은 어떤지를 차근차근 확인을 해 나가지. 이는 달걀을 낳는 목표를 위한 작은 부분이지.

그런데,
이 도구로 목표를 달성할 수는 있는데, 시간이 너무 오래 걸려.

큰 틀을 모르니 기준과 방향을 잡기가 힘들고, 그래서 여러 불필요한 시도도 많이 하게 되지.

과정이 복잡해져서 목표달성의 가능성이 낮아지지.

그러면 둘째 일꾼의 동물음악이라는 도구는?

동물음악 수업은 달걀을 낳는 전반적인 과정에 집중하지. 큰 틀에 관심이 많다는 이야기야.

그리고, 큰 틀을 완성하는 데에 주로 영향을 주는 도구들을 찾아내지. 그 와중에 도구들이 어떻게 서로 영향을 주는지도.

이제 새로운 큰 틀을 그려내어 목표를 달성할 때야.

달걀을 더 낳는 목표를 달성하기 위해서는, 새로운 사료와 새로운 동물음악이 필요하고,

이 둘은 서로 도움을 주는 관계로 연결이 되어있다는 것을 알아내지.

그러나, 큰 틀을 중요하게 생각하는 도구도 약점을 가지고 있어.

내가 구기자 사료를 우연히 발견한 것과 같은 그런 일에 소홀해지기 쉽다는 소리지.

이야기가 않 맞아 들어갈 것 같이 예상이 되면 시작하지도 않는 것이 이 도구를 잘 쓰는 사람들의 습성이기 때문이지.

우연한 발견이 큰 결과로 이어지는데 말이야.

그래도 큰 틀을 먼저 아는 것이 목표를 효율적으로 달성할 수가 있어. 왜냐하면, 큰 틀은 작은 부분을 강조하는 도구에 비해 개방적이기 때문이야.

동물음악은 달걀을 낳는 과정을 설명하는 가운데, 사료가 필요하

다는 것을 알려주기는 하지.

두 도구의 차이를 좀 더 깊이 알게 되었을거라고 봐.

그리고, 두 도구를 가지고 어떻게 일을 풀어가는지도.

우리는 두 도구를 한꺼번에 배우고 익히기 힘들다고 했어.

멋진 팀을 이루어 같이 일해야 할 이유가 명확해졌다고 봐! ^^

누가 알았으면 좋겠냐고??

조화로운 도구사용의 결과... ^^

그런데, 한 팀안에서 일을 하다보면 의견이 충돌할 일이 합쳐질 일
보다 많지.

그 의견충돌은 자신의 도구에 대한 집착으로부터 온다고 이야기
했어.

한 팀원이 자신의 도구에 집착할 수 밖에 없는 보다 근원적인 이
유를 알아야 할 것 같아.

더 구체적인 실천적인 팀을 만들어가는 방법을 생각하자는 거야.

우리 어릴 때부터 교육을 많이 받지.
우리 안의 재능을 캐내기 위해 교육을 받는 데, 가끔 그 교육이 우
리의 재능을 묻히게 하기도 해.

태어날 당시에는 누구나 부분을 강조하는 도구와 큰 틀을 중시하
는 도구를 동시에 가지고 태어난다고 보는데,

그런데, 학창시절을 거치는 동안,

특정 과목을 좋아하거나 특정 전공만을 공부한 나머지, 한 도구

에 치중하기가 쉽거든.

자신이 갈고 닦은 도구에 집착을 하기가 쉽다는 뜻이지.

시간이 들고 노력이 들고 돈이 든다는 이유로 두 도구를 한꺼번에 배우고 익히기는 힘들다는 것이지.

조화로운 팀이 씨앗! 이다.

그러면 언제부터 두 도구를 골고루 갖춘 팀으로 일하는 것이 좋을지 그걸 알아야 해.

내 판단으로는 팀의 시작부터 그래야 한다고 봐.

처음부터 조화로운 시각이 조화로운 아이디어를 고르고 발전시키게 되고, 그것을 시장으로까지 이어지게 하는거지.

그럴려면, 팀이 조화롭게 구성되어야 하는거고.

그러기 위해서는 두 도구를 가진 사람들이 현실에서 어떻게 움직이는지를 알필요가 있지?

그들의 전공이나 일하는 성향, 그런 것들을 알아야 한다는 거지.

그들이 어떤 도구를 가졌느냐를 구분하기 위해 이런 질문을 할 필요가 있지.

'이 일을 어떻게 처리하면 성과가 나겠느냐?'고.
그러면, 큰 틀을 중요시하는 사람들은 대체로 이런 대답을 하지.

'구체적인 근거는 모르지만, 웬지 그게 답일 것 같다.'는 식으로.

직관(intuition)을 동원하는 일처리지.

이런 부류의 사람들은 꽤 자유로와. 혼자서 생각하기를 좋아하고.

대학 때 물리학 전공자이거나 수학, 전자공학, 기계공학을 공부한 사람들이 이 도구를 좋아하지.

철학을 비롯하여 인문학을 좋아하는 사람들도 직관을 잘 사용하지.

작은 부분을 강조하는 사람들은 질문에 이렇게 대답하지.

'이런 이유로 이렇게 되고 저런 이유로 저렇게 된다, 그래서 어떻게 되려면 이런저런 일들을 해야한다.'는 식으로.

논리(logic)적인 일처리지.
이런 부류의 사람들은 자유롭다기 보다는 교과서적이지.
그들의 전공은 사회과학쪽으로는 경영학, 공학으로는 재료공학이나 공업화학, 이학으로는 생물학, 화학, 의학을 전공한 사람들이 많지.

이만하면, 조화로운 팀의 구성을 위해 각 도구를 가진 사람들의
특징을 충분히 살펴봤다고 봐.

그러면, 이 이야기는 누구에게 가장 필요할까?
내 생각으로는 규모가 큰 회사의 CEO나 팀장이라도 이 이야기를
알아 둘 필요는 있어. 조직을 보다 조화롭고 안정적으로 운영하게
하지.

그러나,

이 이야기는 씨앗! 을 뿌리는 사람들을 위한 이야기야.

산업 현장에서 씨앗을 뿌리는 사람들이 누구겠어?

바로 스타트 업의 CEO들이지.
이 이야기를 통해 왜 처음부터 팀과 같은 작은 조직이 조화로운
구성을 해야 하는지 알게 되었을거라고 봐.
바로 우리가 원하는 목표를 효율적으로 달성하기 위해서지.

그 조화로운 구성이라는 것은, 논리적인 성향을 띈 사람들과 직관적인 성향을 띈 사람들이 같이 일하게 하는 거지.

두 성향의 구성원들을 이끌어가는 방법도 본문을 통해 충분히 알았을거라고 봐.

자, 리더로써 남은 일은 훌륭한 팀이 성과를 내도록 돕는 것 뿐이야!